Ladeira da Preguiça

Evanilton Gonçalves

Ladeira da Preguiça

todavia

*Para Antonio Marcos, pela amizade grandiosa
e pelo quixotesco incentivo à leitura*

*olhos fechados sentindo a força da
água invadindo a sombra do viver,
espalhando luz do sol em sua volta,
abrindo anseios não conhecidos*

Aidil Araújo Lima, "Encanto da fonte"

*respeitar o tempo
o tempo do tempo
o tempo
o meu tempo
o seu tempo
o tempo de todo mundo
o tempo de cada um*

Alex Simões, "respeitar o tempo"

I

Numa manhã de verão de 2019, Adelaide Presepeira, cuja fama de arruaceira na festa do Dois de Julho atravessava os tempos com certa confusão de versões, descia a abandonada ladeira da Montanha com um balde pendurado no braço feito uma bolsa. Caminhava para espairecer. Passando em cima dos arcos que sustentam a ladeira e abrigam gente e comércios, ela andava a passos firmes rumo à fonte das Pedreiras, mais conhecida como fonte da Preguiça. Ali, como todo mundo sabe ou deveria saber, se encontra uma das mais antigas e uma das poucas fontes de água doce que sobrevive na cidade da assim chamada "abundância das águas". Abundância relativa, ou mesmo inexistente, ou para alguns.

É verdade que, em vez de descer a Montanha, Adelaide Presepeira poderia muito bem ter subido aquela região pedregosa e descido a ladeira da Preguiça, o que encurtaria e muito seu trajeto. Mas vá lá você explicar a ela que Fulaninho Ai-Ai (é assim que nomeia Zigue em sua mente, nesse exato momento) não estaria nesse caminho, pois havia se dado folga, e se banhava mais lá para cima, nas calmas e refrescantes águas do Solar do Unhão.

Ao chegar à fonte da Preguiça, Adelaide Presepeira foi notada pelas pessoas que se ensaboavam e também lavavam roupa no local. Ela cumprimentou a todos, no que foi retribuída. A grade da fonte transformada em varal. Como sempre acontecia, alguém foi logo lhe cedendo espaço. Aproveitando a bica livre, ela recolheu a água que brota da terra. Depois de encher o balde, pôs as mãos em concha e lavou o rosto. Sem que percebesse — ela só notaria algo diferente dias depois —, a coisa mágica aconteceu.

O dia estava quente em Salvador. O céu azul era um convite para ir à praia. Um dos endinheirados que estacionam carros enormes na calçada, em frente ao restaurante chique de cor laranja, veio em sua roupa de mergulho em direção a Adelaide Presepeira. Queria saber quanto custava passar uma água em seu veículo. Gente que tem dinheiro adora um eufemismo. Nunca fala na lata. Alguma espécie de pudor proporcionado pelas vastas finanças. Adelaide Presepeira avaliou o sujeito espremido na roupa emborrachada. Explicou: ela não "passava uma água", seu serviço consistia em lavar propriamente o carro. E deu seu preço. O sujeito pareceu um tanto confuso. Talvez até mesmo tivesse se ofendido. Ele era muito maior que Adelaide Presepeira. Ela, por sua vez, só precisaria levantar um pouco a blusa para que sua peixeira afiada cintilasse. Mas não era o caso. Queria começar bem o ano, na paz e tranquilidade. O sujeito pagou antecipado e foi se divertir no mar.

Na Igreja de Nossa Senhora do Pilar e Santa Luzia, no Comércio, pessoas formavam filas imensas debaixo do sol forte para lavar os olhos com a água milagrosa que vinha da fonte da igreja desde o final do ano passado, o que fazia três semanas. Gente de muleta e outras com dificuldades pouco aparentes, emocionadas e aguerridas, encaravam horas de fila para renovar sua fé nas águas milagrosas atribuídas à santa. Que o próximo ano seja melhor do que este — repetiam cheios de esperança, ignorando o estado caótico em que o país mergulhava, e fazendo o sinal da cruz para as equipes de televisão.

Adelaide assistiu a tudo isso pela tela do celular. Não sabia das versões sobre o martírio da santa. Conta-se que ela havia sido decapitada. Outro relato fala em morte por sucessivos golpes de espada. Também há quem diga — e é esta a lenda que torna santa Luzia protetora da visão — que a santa teve seus olhos arrancados e, por milagre divino, um novo par brotou em seu rosto. Sim, Adelaide queria começar bem o ano, o que consistia em evitar o máximo de problemas possível. Encarou a água no balde, a água que pouco antes havia apanhado da fonte da Preguiça. Não via com nitidez a sua aparência. Iniciou o trabalho. Em dado momento, parou o movimento circular sobre o veículo para descansar o braço. Observou a multidão de trajes mínimos que curtia a praia bem na sua frente. Fazia tempo que não entrava no mar. Enxugou o suor da testa e voltou ao serviço.

No começo do ano, parece que o mundo todo desembarca nesta cidade.

2

Zigue deveria estar no ferro-velho da ladeira da Preguiça trocando o material reciclável que catou ao longo da manhã por um trocado que estenderia sua sobrevivência. Como é que se trabalha de cabeça quente? — pensou, e esse sentimento exagerado o empurrou para a praia do Solar. Ele desceu os degraus. Ao final da escadaria, pisou nas conhecidas e irregulares pedras que formam o chão da praia. Cambaleou o menos que pôde pela topografia do lugar, se agachou no limite das pedras e pôs as mãos estendidas sobre as águas. Molhou o rosto como um gesto sagrado que lhe trouxe frescor. Com sua bermuda de surfista que não surfa e o dorso nu, se jogou na baía de Todos-os-Santos. Por que Adelaide é assim? — pensou.

Zigue deu braçadas fortes na direção da distante ilha de Itaparica. Talvez quisesse expulsar aqueles pensamentos. Poucos metros depois, começou a bolar de olhos fechados. Se sentia na imensidão do mar. Sol forte. Praia cheia. Só ele ocupava aquele espaço em que flutuava, em que parecia levitar. Por que

Adelaide é assim? — voltou o pensamento intempestivo. Conversar e se entender era um caminho possível. Mais tarde tudo se resolveria. Um sorriso emergiu em seu rosto.

Um barulho crescente fez Zigue abrir os olhos. Uma moto aquática vinha em sua direção. A toda velocidade. Deixava atrás de si uma esteira de onda e espuma branca, que se erguia e espatifava no ar. O condutor daquele veículo ruidoso trajava roupa de mergulho e parecia não enxergar através dos óculos espelhados. Zigue levantou a cabeça, se viu na rota, sacudiu muito os braços em xis. Nada. Energia e desespero gastos à toa. O piloto parecia disputar uma corrida imaginária. Vinha só e em velocidade máxima. Zigue tentou pensar rápido. A colisão era iminente. Então mergulhou. Sobre seus pés, sentiu a onda rápida e forte que se propagou. Zigue bateu as pernas e abriu caminho com os braços em direção ao fundo do mar até se lembrar de que não respirava ali. Avistou pinaúnas lá no fundo. Movimentou braços e pernas feito asas. Subiu desesperado. Não dava pé. Os pensamentos ficaram embaralhados. Era preciso nadar um pouco mais até alcançar a praia. Estava exausto e confuso. Tinha a impressão de que não iria conseguir. Pensou em Adelaide. Voltou a dar mais braçadas.

3

Zigue sentia a garganta seca e estava ofegante quando finalmente saiu do mar. Os banhistas, indiferentes à sua experiência de quase morte, o faziam questionar se estava vivo ou se tinha embarcado para o além. Curvado para a frente e com as mãos nos joelhos, antes de subir as escadas ele observou um turista de cabelos compridos, barbado, que lhe parecia a um só tempo familiar e distante. O turista, distraído em seu próprio mundo, sorria diante do celular. Começou a tirar fotos de si mesmo em diversos ângulos. Depois disse, aparentemente para o vento: Eu sinto boas vibrações aqui. Ainda se recompondo, Zigue observou aquela cena um tanto patética com nitidez. Apesar de tudo, estava vivo. E estar vivo era bom e oportuno. Sacudiu a cabeça para expulsar a água e os pensamentos. Subiu as escadas com as forças que lhe restavam.

Decidiu ir à rua Santa Theresa, onde se localizava a Casa Amarela. Era ali, em tempos longínquos, que ele gastava seu escasso dinheiro em algum prazer efêmero. Na época, com vergonha do seu nome inusitado, pois Zigue era um apelido que ele não compartilhava com todos, se agarrava à primeira letra do seu nome verdadeiro e, talvez pensando no jogador de futebol, talvez pensando no super-herói, pedia para ser chamado de Hulk. Own! Vai, Hulk! — dizia então a mulher em cima dele, e isso era o suficiente para ele chegar aos finalmentes como "The Flash", o que era bom para os negócios. Como acontece com quem se dedica a algo com afinco, ele foi sendo ensinado e foi aprendendo as artes do amor até melhorar sua performance. Agora se sentia mais seguro de si nessas questões. Não era mais um solteirão involuntário que precisava pagar para deixar de sê-lo. Ia lá pelas amizades que constituiu e para jogar conversa fora. Queria prolongar o máximo possível a vida, incluindo aí seus prazeres mais terrenos. Dizia em tom bíblico, apontando o dedo para o teto da Casa Amarela: se Deus permitisse, viveria cento e noventa anos. Fazia pequenos serviços para o estabelecimento. Zigue se divertia ao observar os aposentados do centro que habitavam sozinhos pequenos apartamentos na região. Ora estavam fazendo uma fé na lotérica, na fila de prioridade, ora estavam ali, com suas blusas xadrez de botão semiabertas, buscando companhia para dividir uma cerveja, uma conversa, e receber qualquer afago nos cabelos grisalhos.

Quem olha ao redor da ladeira da Preguiça percebe que caminha por diversas camadas temporais. Casarões em ruínas, terrenos vazios, pessoas por trás da fachada das casas. Aqui, em outro tempo, as mercadorias chegadas do porto eram transportadas pela força de gente sequestrada da costa da África. Aqui, também em outro tempo, pessoas prostradas nas janelas assistiam ao carregar de potes, baldes e barris. Aqui, agora, Zigue, tão alheio a esses detalhes de outros tempos, segue finalmente rumo à sua residência.

Mais tarde, dois gatinhos sentados numa das muitas janelas abertas na ladeira observavam o movimento da rua. A tarde estava calma e agradável. O gato de duas cores, que era maior, resolveu lamber a orelha do gato de três cores. Aquele gesto acabou com a contemplação da rua. Em pouco tempo, eles se ergueram e começaram a se estapear. Não estava claro se era uma luta ou uma demonstração de afeto, se era um divertimento ou algo sério.

Adelaide Presepeira passava justo na hora dessa interação felina. Não queria ficar brigada com Zigue, mas realmente ele não colaborava. Vivia azucrinando seu juízo. Ela viu a sandália laranja na entrada. Zigue estava em sua casa. "Sua" é modo de falar. Eles habitavam um casarão ocupado, utilizavam um dos muitos espaços abandonados ou sem uso no centro como moradia. Estava cansada. Fazia calor e tudo o que ela queria era relaxar. Zigue a olhou com cara inequívoca de pidão. Ela sorriu. No banho, relembrou o quanto era bom o chamego de Zigue. A música da vizinhança invadiu o ambiente. Lazzo Matumbi e Gilberto Gil cantavam "Me abraça e me beija".

4

O presente carrega o passado e empurra — muitas vezes sem cortesia alguma, de forma atabalhoada e sujeita a repelões selvagens — o futuro. Repare bem. Foi num distante dia dos festejos do Dois de Julho que a alcunha "Presepeira" foi incorporada ao nome de Adelaide. Num jeito baiano de dizer as coisas, a expressão é atribuída a alguém que faz presepada. Isto é, alguém escandaloso, que fala e age de forma espalhafatosa para chamar a atenção de todos.

Ela se divertia, como todos os anos, na frente do disputado carro do Caboclo e da Cabocla, de modo que se sentia à vontade no apertado cortejo que se iniciava no largo da Lapinha. Quando o hino ao Dois de Julho tocava, ela se emocionava, ia às lágrimas, como se estivesse sozinha em um momento de grande transcendência. Cantava a plenos pulmões: "Com tiranos não combinam/ Brasileiros, brasileiros corações". Em seguida, balançava o corpo ao ritmo das fanfarras. Contemplando as fachadas decoradas, ela seguia com o mar de gente em direção ao Convento da Soledade. Diferentemente do que podiam imaginar, ela não costumava beber muito.

Era o momento de comemorar a Independência do Brasil na Bahia. Qualquer leigo ali que dançava com cerveja na mão sabia que não foi com um grito, em 7 de setembro de 1822, que o Brasil se tornou independente de Portugal. Liberdade se conquista com luta e coragem, não com grito. Foram meses de batalha para, no 2 de julho de 1823, o dia nascer mais bonito na Bahia. É verdade que a tropa vitoriosa vinha toda maltrapilha, mas o quadro *Entrada do Exército Libertador*, pintado por Presciliano Silva, contava outra história. Na tela, a entrada cheia de pompa das tropas brasileiras em Salvador. À frente, o general todo engomado, os soldados limpos e felizes. O grande corneteiro Lopes, herói que transformou equívoco em milagre, aparece descalço, maltrapilho e com a corneta na mão. De acordo com os questionáveis documentos, os combatentes brasileiros não teriam muitas chances contra o Exército português, em maior número e armado até os dentes naquela importante batalha. O corneteiro Lopes recebeu então a ordem de emitir o toque de "recuar". Mas quis a providência divina que ele desse o sinal de "cavalaria, avançar". Diante do som ameaçador, as tropas lusitanas bateram em retirada, supondo que os soldados brasileiros haviam recebido reforços. Assim, numa simples troca de notas musicais, num blefe musical, o grande corneteiro Lopes mudou o destino da batalha, da Bahia e do Brasil.

Apesar de não ter conseguido alcançar o nível de estudo com que tanto sonhara, Adelaide Presepeira guardava esse conhecimento adquirido nas aulas de história do professor Chico. Aquele homem alto e careca sabia das coisas. Ela se via nas figuras de Maria Felipa, Maria Quitéria e Joana Angélica.

O festejo popular atraía várias famílias, que iam às ruas para celebrar. Casualmente, os brigões também. Enquanto homens e mulheres lançavam flores e choravam ao tocar no emblemático carro dos Caboclos, certa confusão se armou no caminho. Adelaide Presepeira viu a covardia sendo formada. Três brutamontes agrediam um franzino catador de materiais recicláveis, que tentava, a todo custo, segurar o saco abarrotado de latinhas de cerveja vazias. O tal catador era Zigue. Um dos homens havia se incomodado porque Zigue passava com aquele saco enorme entre a multidão. Há sempre que se levantar e lutar contra injustiças. Adelaide Presepeira não pensou duas vezes. Foi para cima dos valentões. Sabia se defender. Havia praticado capoeira na adolescência e adquirido muitas outras habilidades na vida dura das ruas. Os valentões cresceram para cima dela, mas não contavam com seu jeito matreiro. A vida havia treinado Adelaide Presepeira para o embate da sobrevivência. Puxou a peixeira. Os três homens partiram em fuga como se tivessem visto fantasma. Ela olhou ao redor. O povo assustado, com medo. Ajudou Zigue a se levantar. Era bonito o sorriso dele, apesar do rosto machucado. A polícia vinha afobada. Pela primeira vez, Adelaide Presepeira não acompanhou a chegada do carro dos Caboclos ao Campo Grande.

Muita gente conhecida presenciou o ocorrido. A história correu ladeiras, becos e ruas. E como era de se esperar, se espalhou em inúmeras versões ao longo dos anos. Primeira: contavam de uma mulher briguenta que nunca saía da frente do carro dos Caboclos e metia a porrada em quem tentasse ocupar seu espaço. Segunda: falavam de uma mulher que bebia muito e depois gargalhava sozinha. Diziam que ela encarava com ódio os participantes do cortejo, a ponto de empurrá-los e perguntar o que estavam olhando. Terceira: diziam que uma mulher muito bonita, doida da cabeça, que participava todos os anos do Dois de Julho sozinha, não contava conversa se algum homem tentasse incomodar seu momento de lazer. Era valente e a briga era certa, diziam. Foi assim, com a mistura das histórias que desdenham dos méritos alheios, que a alcunha de "Presepeira" foi incorporada ao nome de Adelaide. Tal denominação nunca foi proferida na frente dela. E uma vez explicado seu nascimento pelas más-línguas, morre aqui nesta página o apelido injusto. Afinal, quem se pergunta onde está a verdade? Como dito antes, a polícia vinha afobada. Adelaide e Zigue se esgueiraram pela multidão e sumiram rumo ao centro da cidade.

No dia seguinte, como se o caminho da fuga fosse suficiente para se conhecerem e se darem bem, Zigue foi morar com Adelaide.

5

A ladeira da Preguiça formava uma espécie de ilha em pleno centro da velha Salvador. Não havia barreiras em seus acessos, e sim um bloqueio invisível, uma espécie de comunicação de medos que limitava a entrada das pessoas da própria cidade. Era preciso superar tudo isso para ver a ladeira vibrar e se revelar por si mesma. Cercada de construções luxuosas erguidas lá em cima, entre a rua Chile e a praça Castro Alves, e de vizinhos ricos na parte de baixo, a região sentia as pressões das disputas territoriais. Circulava entre os moradores a informação de que vários imóveis e terrenos baldios estavam sendo comprados ao longo dos anos por investidores que deixavam as edificações se degradarem. A ideia, repetiam entre si os moradores que se reuniam no Centro Cultural da ladeira, era tornar o lugar inóspito para depois erguer naquela região da cidade uma outra cidade.

Adelaide não tinha o costume de participar das reuniões comunitárias. Embora mantivesse uma relação amistosa com os vizinhos e fosse mais uma a ocupar uma casa na ladeira havia anos, preferia evitar maiores aproximações. Escondia dentro de si, porém, o medo atávico do despejo.

Certa vez, uma autoridade responsável por questões urbanas compareceu à reunião convocada pelos moradores no Centro Cultural. Coisa rara. Foi preciso insistir. Na ocasião, não houve muito progresso no debate.

O sujeito começou assim: Bem, pessoal. A partir do convite de Nilton...

Ei!, interrompeu Milton, um dos líderes comunitários. Meu nome é Milton. Com *eme*. E o convite não partiu de mim, partiu de todos nós aqui presentes — disse, para mostrar que não ostentava qualquer vaidade.

Ah, sim, se desculpou a autoridade, um tanto distraída e suando por causa do abafamento do lugar apinhado de gente. Bem, como disse Nilton...

Poeta e ativista, Milton tinha orgulho de dizer que era nascido e criado na ladeira da Preguiça. Também frequentador da Casa Amarela por muitos anos, ele em nada se parecia com Zigue, seu primo. Zigue nada tinha dos trejeitos de quem vive mergulhado nos meandros da política comunitária. Ele seguia por outros caminhos. Depois que perdeu a mãe, seu "tesouro", como costumava dizer, se afastou ainda mais do restante dos parentes. Sua vida era uma eterna ladeira. Quando confrontado por seu primo, que parecia ostentar uma moral superior, Zigue assumia suas atitudes erráticas na vida e costumava agarrar o volume entre suas pernas para dizer: Aqui o comitê de ética! Milton, por outro lado, era bem articulado, influente no meio político e um dos fundadores do Centro Cultural.

Milton cogitou explicar mais uma vez qual era a letra inicial de seu nome. Reconsiderou. Preferiu deixar a reunião seguir. Tinham pouco tempo para resolver os problemas do lugar.

Como ter um diálogo e firmar compromisso com gente assim tão desmemoriada?

Ao que parecia, as autoridades tinham dificuldade de abordar com profundidade o assunto. O discurso genérico, requintado, se referia agora à proteção do patrimônio. É só uma nova estratégia para impedir a luta por moradia na região, argumentava Milton, sempre muito convicto de suas ideias.

Não demorou muito e o "doutor troca-letras", após atender a um telefonema, alegou uma urgência inesperada, que exigia sua presença. Se escafedeu sem muita cerimônia.

Nem um passo a menos, repetia Cíntia, outra líder comunitária. A retórica tinha poder. Os moradores se olhavam encorajados. Reunidos à tarde no Centro Cultural da ladeira, que servia de biblioteca e espaço para a prática de esportes e atividades artísticas, moradores e aliados debatiam formas de garantir o direito à cidade e a questão de um morador que havia recebido uma notificação para a derrubada de um muro construído por ele.

De que vale o patrimônio sem as pessoas, que uma e outra vez, no rastro incessante e renovado da vida, tecem junto com as edificações e as expressões próprias da comunidade as memórias de um lugar? — a fala bonita, difícil e bem articulada de Cíntia gerou fervorosos aplausos. A garganta seca. Bebeu água. Nem três décadas de vida completas e já se destacava na militância pelo direito à moradia no centro. Era a primeira e única da família que tinha conseguido entrar numa universidade pública. Licenciatura em sociologia. Durante o período de estudos, fazia questão de lembrar que era cotista. Depois de formada, também. Ela ganhava a vida dando aulas em cursos de pré-vestibular para pessoas de baixa renda. Vinha de uma família pobre que estranhava o seu jeito de ser e de pensar. Em matéria de amor, dizia que gostava de pessoas. A indefinição e o plural causavam alvoroço. Por isso precisou trilhar novos rumos por conta própria. Aqui e ali, facilmente fazia amizade com outras mulheres. E como diz o ditado: quem tem amigo, tem tudo. Se virou bem morando com algumas amigas até se instalar sozinha naquela área. Nas aulas voluntárias que ministrava no Centro Cultural, lembrava aos jovens a importância de entender o seu papel na sociedade. Nessas horas, adotava um tom professoral. Repetia como um mantra que era importante ler para compreender o mundo. O engajamento pelas causas sociais foi assim moldando seu ser. Cíntia acreditava que tinha uma camada a mais sobre a pele e o direito de enfrentar as injustiças do mundo apontando o dedo na cara dos seus opressores.

Lá embaixo, a fonte, com seu frontispício cravado no sopé da encosta, jorrava a água capaz de romper rochas para vir à superfície. Quase invisível na paisagem, a fonte da Preguiça, tombada por sua importância cultural, parecia fadada ao apagamento terminal, como tantas outras espalhadas e abandonadas pela cidade. Por ali, corria a água milenar modificada pelo tempo e que se adaptava à bacia de recolhimento. Contaminada, formava um espelho que refletia a luz em suas variadas intensidades. Também naquele espelho podiam ser vistas pessoas semelhantes reunidas agora ou há um século. Adelaide viu seu reflexo nas águas da fonte, não notou nenhuma diferença em si mesma. Subiu a rua Luiz Murat. Ao passar pelo Bar Raul Delírios Seixas, onde os fãs de Raulzito costumavam se reunir, cumprimentou o Rasta, dono do estabelecimento. Ouvia-se no bar a canção que falava: "Eu nasci há dez mil anos atrás/ E não tem nada nesse mundo/ Que eu não saiba demais". Sem pressa, vinham logo atrás dela alguns jovens saídos do mar da Preguiça, com roupas de praia, os corpos impregnados de sal, os pés salpicados de areia.

Era o início da segunda semana de janeiro. O sol caminhava lentamente em direção ao mar. Foi só alguns passos depois que Adelaide encontrou Zigue no pé da ladeira. Ele vendia os materiais recicláveis no ferro-velho. Subiram juntos a ladeira até se deterem no meio do caminho, na confusão.

A situação estava formada. O típico som de viatura alardeava o problema. O grupo formado por movimentos sociais e moradores que, fazia pouco, estava em reunião no Centro Cultural, correu para a rua. Populares reunidos protegiam as crianças dos carros velozes que freavam bruscamente e chamavam a atenção. Dez ao total. Pra que isso? — bradou d. Joana, moradora quinquagenária. As forças de segurança saíram dos carros com arma em punho. Os moradores uniam as vozes para bradar contra o ato iminente. Diziam que aquilo só acontecia por serem quem eram, por morarem onde moravam. O estigma do lugar parecia legitimar o tom de voz grosseiro, os empurrões, as ameaças de tiro, enfim, os abusos. A equipe de demolição isolou uma pequena área e iniciou a derrubada do muro sob protestos.

Os guardas faziam alertas e ameaças para a população não avançar em direção à área demarcada, o que gerava mais raiva nos populares reunidos e aumentava a tensão. Cíntia observou o casal parado ao seu lado. Conhecia muitos moradores e tinha relações mais próximas com alguns. Adelaide e Zigue não estavam entre eles. Palavras de ordem eram proferidas. Quando d. Joselita foi agredida por um dos guardas e quase caiu no chão, Adelaide e Cíntia partiram para cima dele, o empurraram de volta e a confusão aumentou. Ao desviar de uma rasteira, Adelaide quase acerta um soco bem dado no rosto de um dos guardas, mas o empurra-empurra era intenso e não foi possível.

Zigue chutou de volta o agressor de Adelaide e viu uma arma ser apontada para sua cabeça. O guarda encarou Zigue com muito ódio, disse que ele se arrependeria daquilo, proferiu xingamentos, ameaças e avançou contra aqueles braços franzinos para algemá-los. Milton engrossou a voz, colocou mais pressão contra os guardas. A sorte de Zigue era o mar de gente revoltada ao redor. Foi por um triz. Zigue e Adelaide seriam presos se o tumulto não tivesse ganhado força e se não escapulissem com a habilidade singular que possuíam.

Mesmo diante das armas de fogo, das pistolas de eletrochoque e dos cassetetes, os moradores enfrentaram as autoridades o quanto puderam. Em meio aos gritos, houve troca de socos, tiros para o ar e correria. Cíntia e Milton acabaram detidos. O muro foi demolido. Houve lágrimas e muita comoção.

Quatro dias depois, boa parte daquela gente estaria lá embaixo, na lida do trabalho informal, fazendo da Lavagem do Bonfim uma das festas populares mais bonitas da cidade.

Finalmente o sol desapareceu no mar. Antes, pintou a imensidão com cores alaranjadas e avermelhadas diferentes de como Adelaide as via antes. Deitada na cama ao lado de Zigue, ela apreciava o céu pela janela. Pontos de luz iluminavam as ruas vazias. A cidade adormeceu. A calmaria reinava nas águas noturnas e cintilantes da baía de Todos-os-Santos. Era a natureza em seu estado de enigma e acaso.

6

Era época da Lavagem do Bonfim. Adelaide saiu de casa mais cedo para ajudar na barraca de d. Joselita e assim garantir uns trocados para a semana. Zigue saiu mais tarde. Ele usava um relógio grande que, se pode dizer, como comumente se diz, dava a hora certa duas vezes por dia. Ou seja, nem sequer funcionava. Ou talvez, a partir disso, se possa relativizar a própria ideia de funcionamento de um relógio, da relação de Zigue com o tempo. O que é o tempo? Quando alguém lhe abordava na rua perguntando as horas, ele as buscava no céu e depois encarava o relógio parado. Dizia a hora que lhe ocorria à mente. As pessoas costumavam agradecer a gentileza, e ele seguia contente por ter ajudado o próximo. É agradável a sensação de ser necessário ao mundo. Estava animado com o pouco mais de grana que receberia pelos materiais recicláveis que coletaria no trajeto da festa até a Colina Sagrada.

Naquele dia, porém, ficou assustado quando um sujeito interceptou seu caminho e lhe perguntou as horas. Era uma voz estranha e conhecida. Ele pensou na identidade esfarrapada que levava no bolso, em que ainda aparecia com cara de menino, olhos de quem ainda vê o mundo com bons olhos. Quando alguém ria daquele pedaço de papel esverdeado, carcomido pelo tempo, ele dizia que ao menos servia para provar que não era bandido. Sabia como o mundo o encarava. Lá estava o seu nome completo, inspirado em um filósofo grego de quem sua mãe nunca ouvira falar. As circunstâncias para a atribuição desse nome inusitado permanecem desconhecidas até hoje. Uma coisa era certa, como as águas de um rio: as coisas se movem e nada permanece imóvel, exceto a mudança. Lá estava o espaço não preenchido onde deveria constar o nome do pai.

O pai de Zigue morreu antes de ele nascer. Era pescador experiente. Não era casado com a mãe de Zigue. Se juntaram e era isso, viviam juntos na região. Até ele não viver mais após sumir de forma inexplicável no mar, em um dia de trabalho. O corpo nunca foi encontrado, o que gerou por anos rumores sobre seu destino. A burocracia para inserir o nome do pai no documento gerava estresse. Uma investigação precisava acontecer, um juiz autorizar, testes de DNA com parentes diretos. Enfim, consumição e tempo perdido. A mãe de Zigue não pretendia lidar com mais tormentos após a morte do homem. Encarava o mar com certo alívio. Zigue ficou sem o nome do pai no documento.

Era esse pedaço de papel que o salvava quando a anemia falciforme atacava e ele corria com seus olhos amarelados em busca de auxílio médico no posto de saúde. Aquele pedaço de papel lhe garantia reivindicar seus direitos. Era isso, ele tinha direitos. Pensava nisso ao ser parado ali na Gameleira.

Não era o que pensava o sujeito, vestido de preto dos pés à cabeça, que interrompia o seu caminho. O que o ser humano alimenta no mais íntimo do coração é um mistério. Aquele sujeito, ao menos diziam seus olhos naquele momento, carregava um desprezo mortal dentro de si. Descarregou seu ódio em forma de metal quente contra o franzino corpo de Zigue. Foram muitos disparos. Só depois o sujeito, vestido de preto dos pés à cabeça, relaxou os músculos da cara e esboçou um riso. Do mesmo jeito que surgiu do nada, desapareceu. Boa parte dos moradores estava lá embaixo, trabalhando na festa.

Naquele espaço quase deserto, havia apenas um grupo de pessoas que usava crack nas ruínas de um casarão. Muita gente evitava aquelas redondezas por medo de uma abordagem mais violenta. Desfizeram a roda de fumo, assustados.

Uma libélula pousou perto de Zigue. Cabeça negra. Veio de longe com seu abdome amarronzado. Cauda vermelha feito flâmula. Um dos primeiros insetos a surgir no planeta, milhões de anos para aparecer na Terra. Dotada de quatro asas. Milhões de anos para desenvolver a habilidade de voar. Zigue encarava o céu com seus olhos de morto. Não enxergava nada. Não poderia mais sonhar com o pai. Às vezes, quando adormecia, via a imagem que construiu para si de um homem alto que ficava parado na borda do mar com um barco grande, bonito. O homem, com o rosto coberto por sombras, acenava para Zigue entrar na embarcação. Venha, meu filho — parecia dizer. Zigue caminhava afoito em direção ao mar, em direção ao barco, ao pai que nunca conhecera nem por foto, mas o horizonte sempre se afastava.

A queima de fogos em homenagem ao Senhor do Bonfim seguia com seus estampidos. Os cachorros latiam incomodados. Lá embaixo, no Comércio, o festejo era vibrante. Uma multidão com diferentes propósitos se concentrava em frente à Igreja de Nossa Senhora da Conceição da Praia. Barracas de comidas e bebidas espalhadas pelo percurso. Gente vestida de branco para cima e para baixo. Muita agitação. Música por todo canto. O sol forte fazia com que as pessoas buscassem se hidratar. Adelaide vendia água de coco na barraca de d. Joselita. Lembra de mim, não? — perguntava algum gaiato para Adelaide, que respondia monossilábica. Tinha quem preferisse uma cerveja, uma batida de fruta. Até café.

Adelaide parou de organizar as coisas por um momento e sorriu um riso de cumplicidade quando Cris passou empurrando o carrinho de café com os seus mais de cem sabores. Era comum Adelaide encontrar Cris subindo a Carlos Gomes com seu carrinho enfeitado. Vinha da caixa de som do carrinho dela a música "Deusa do amor", do Olodum. Aqueles versos transportaram Adelaide para os braços de Zigue. Era a música deles — ele costumava dizer ao insinuar passos de dança no meio da sala com seu jeito engraçado. Adelaide sentiu no coração a agradável sensação do querer bem. Em seguida, ao retomar o trabalho na barraca, ficou impaciente: Será que o cidadão já saiu de casa?

A caminhada até a Colina Sagrada, no Bonfim, era longa. Muitas pessoas chegavam ao fim do cortejo arrastadas pela fé. Tinha quem quisesse agradecer, quem tinha pedidos a fazer e quem apenas queria desfrutar do clima festivo. Milhares de fitas sacudidas pelo vento amarradas no gradil da igreja, nos braços das pessoas. Assistir de perto à tradicional lavagem das escadarias e do adro da igreja pelas baianas significava também a chance de ter a cabeça molhada pela água de cheiro vertida dos cântaros. Assim, alguns devotos se sentiam benzidos, purificados, abençoados para o ano que se iniciava. No ar, o cheiro de arruda e alfazema.

Outras tantas pessoas, tão anônimas quanto aquelas, ficavam pelo caminho. A maioria pelo cansaço, por passarem mal pelo calor excessivo. Pelo nível de embriaguez, algumas paralisavam as pernas. Mas também tinha quem, pela impossibilidade de retroceder do descanso eterno, não podia mais caminhar.

7

A notícia da morte de Zigue chegou rápido até Adelaide. Primeiro ela encarou a notícia como uma informação sem sentido. Depois as pernas tremeram, a pulsação ficou mais intensa, uma náusea lhe subiu até a garganta. Aturdida, ela pediu desculpas a d. Joselita e abandonou o posto de trabalho na festa. Saiu correndo e esbarrando na multidão de devotos, festeiros e turistas. Estava sem pleno domínio dos sentidos quando encontrou Zigue. Sentou no chão diante dele com a cara atônita. Não havia o que dizer. E nada foi dito.

Houve protesto na ladeira da Preguiça. As atenções da cidade estavam, porém, voltadas para a Lavagem do Bonfim.

Adelaide despertou no dia seguinte com uma sensação estranha. Depois que retornou do Cemitério Quinta dos Lázaros, observou o espaço que habitava. Uma das muitas casas seculares da ladeira. À primeira vista, as coisas pareciam inalteradas. A velha cadeira no canto da sala, no entanto, estava e permaneceria vazia. No fundo, ela sabia que tudo havia mudado para sempre.

As autoridades até apareceram na televisão e prometeram empenho e celeridade para resolver o caso. A justiça se fará presente, disseram. E o que faltou foi justamente empenho, celeridade e justiça. Depois que o assunto saiu do noticiário, como previsível, a covardia daquele ato que extirpara Zigue da convivência com as pessoas desapareceu do imaginário de boa parte da população. Quem tinha boa memória e inclinação para a luta evocava o caso em manifestações e exigia respostas das autoridades. Porém, pouco a pouco, outras demandas foram suplantando essa.

Adelaide passou a semana sem praticamente sair de casa. Evitava o quanto podia as visitas para condolências. Os vizinhos insistiam em levar algum alimento, eram solidários, perguntavam se podiam ajudar de alguma forma, se colocavam disponíveis. Ela agradecia com gestos mínimos a quem aparecia e se mostrava indisposta. Foi se fechando em um luto que a devorou, feito um buraco negro, por intermináveis dias. A tristeza tem essa capacidade de se nutrir de si mesma. Quando encostava a cabeça na parede da casa em ruínas, parecia ouvir vozes do passado e desejava que a edificação caísse sobre ela. Nessa mesma casa, em outros tempos, outras pessoas também choraram seus lutos. Outra gente viveu, sofreu, foi feliz e morreu nesse espaço secular que Adelaide sente agora mergulhado no vazio.

Acreditava que não ia suportar aquela dor. Mas ia suportar.

Enquanto alisava a mesa com a ponta dos dedos, ela se lembrou de como, na metade de sua vida até então, veio parar onde estava. Viera muito jovem de uma pequena cidade do Recôncavo Baiano em busca de uma vida melhor em Salvador. Havia sido criada por seus avós. Ainda podia sentir o gosto do bolo preparado pela avó em ocasiões raras e especiais. A adolescência lhe acendeu o desejo por mais liberdade. Queria escapar daquela vida difícil, de privações. Chegou à cidade querendo estudar, mas foi logo indicada por parentes para trabalhar como babá em uma das mansões do Corredor da Vitória. E aquele primeiro patrão, tão benevolente ao lembrar a ela que nada lhe faltava ali — tinha onde dormir, o que comer e o que vestir —, achou graça quando Adelaide revelou seu desejo de estudar e disse querer mais da vida. Contrariando as orientações dos familiares e lidando com as consequências de sua escolha, abandonou o trabalho e resolveu estudar. Aprendeu a ler tarde e conseguiu concluir o ensino médio com muito esforço. Amou pouco na vida, na verdade. Sem demora, a existência a empurrou de volta aos trabalhos informais. Não havia mais ajuda familiar e, não conseguindo pagar o aluguel de uma pequena casa, ocupara um imóvel abandonado na ladeira da Preguiça e ali se instalara. Agora havia completado três décadas de vida e sentia que já tinha experimentado provações demais.

Com a mão aberta, tocou na parede desgastada pelo tempo como se acariciasse um rosto familiar. Uma miríade de sons e imagens. Sem se dar conta, finalmente Adelaide permitia uma, muitas visitas. Ela não estava preocupada com a desorganização da casa nem com a humildade do seu lar. Estranhava era aquela profusão de gente que atravessava o tempo com roupas de outras épocas e se presentificava ali, agora, na sua casa. Imagens fantasmagóricas que não causavam medo. Eram mulheres de outros tempos que tinham vivido perdas semelhantes, perdas brutais e injustificáveis. Com o olhar, partilhavam suas dores com Adelaide. Ela seguia com a mão na parede. Aquilo só poderia ser delírio, pensava. As visitas inesperadas se amontoavam na sala. Estavam ali e não estavam. Pertenciam a outra época e ocupavam justamente a geografia de outra época, só que no presente. Adelaide não quis tirar a mão da parede. Sabia que não tinha enlouquecido. As visitas quebraram a monotonia e o vazio e lhe provocaram sensações novas. Naquele momento delicado, ela consentia em abrir uma fresta de sonho, e um tímido diálogo foi ocupando o espaço limitado. As suas palavras resistentes e fracas começavam a se magnetizar, criavam elos, pontes, permitiam o encontro com as vozes suaves, estranhas e agradáveis à sua frente. Ela percebeu que a escuta era genuína, honesta. Assim, suas palavras ganhavam energia e força inesperadas. Houve um pequeno recuo quando a imagem de Zigue apareceu viva no sol quente do cemitério. Mas aquelas outras mulheres estavam ali. Adelaide oscilava, o humor, a permissividade e uma resignação se movimentavam devagar em seu interior. Pouco a pouco, o rosto foi relaxando, o peito começava a doer menos — Adelaide achava esquisito aquele alívio impossível. Os braços se movimentavam um pouco mais em gestos de interação com a parede, que revelava fragmentos de outras vidas vividas ali, naquele mesmo lugar em que ela se encontrava agora. Ela olhava com mais atenção para os detalhes da construção, suas ranhuras. Nunca tinha reparado nas mínimas partes daquele espaço. A casa era onde ela entrava para baixar a guarda contra o mundo, fechar os olhos, dormir. Vêm de um tempo mais recuado as palavras de sabedoria de um velho que já morou ali. As mãos estendidas, calorosas. Ele fala numa língua estranha que Adelaide entende. Ela balançava a cabeça dizendo que sim, que entendia, que concordava. Agradeceu. Nesse instante, a memória humana iniciava seu trabalho de redimensionar a dor e a esperança. Adelaide ficou com a mão encostada na parede por um bom tempo. Aquele toque transpunha a argila, o tijolo, o cimento, as variadas camadas de pintura que comunicam algo sobre uma vida. Bem na sua frente, um conjunto de gente separada pelo tempo, cuja aparência lhe era familiar. Ali estavam, nutridos por uma força em comum que a alcançava.

Adelaide recolheu a mão da parede. Estava pensativa. Enxugou as lágrimas. Bebeu um copo de água. Estava e não estava sozinha. Tornou a alisar a mesa com a ponta dos dedos. Foi assim que, pela primeira vez depois de muito tempo, ela voltou a sorrir.

8

A cidade fervia no verão. Na última semana de janeiro, a sensação era de que uma vida não bastava para aproveitar aquela estação ensolarada e repleta de atrações. Os dias passavam rápido e com grande intensidade. Quer dizer, o dia ficava mais longo; a noite, curta. Turistas bronzeados e com roupas mínimas por todos os lados. Noite e dia. Adelaide e outros moradores adultos da ladeira da Preguiça quase não aproveitavam o mar ali perto. Na verdade, assim como eles, boa parte da cidade mal chegava a molhar os pés no mar ao longo do ano. Submersos numa poça de suor, viam as praias lotadas enquanto subiam e desciam em direção aos seus afazeres.

O Centro Cultural da ladeira, criado e mantido pelos moradores, concentrava as reuniões de mobilização pela permanência no Centro Histórico. Entre debates calorosos e desentendimentos, um fio comum entrelaçava a todos: o desejo de continuar vivendo na região paradisíaca e disputada. Era preciso fazer alianças. Foi assim que Milton e Cíntia, detidos na confusão da derrubada do muro, foram soltos logo depois. Milton tinha traquejo político e conseguia, pouco a pouco, construir uma rede de apoio importante.

    De certo modo, as coisas pareciam mudar para melhor. De quando em quando, os moradores deixavam as diferenças de lado e se juntavam para debater questões comuns a todos. Sabiam que, às vezes, era preciso enfrentar os obstáculos da vida juntos, porque o mundo se movimentava na imposição da história sobre seus corpos. Ao estender o olhar, era possível ver que uma espécie de monstro pairava no centro do país naquele momento. Ele tinha a capacidade de promover teorias conspiratórias sem pé nem cabeça e de colocar a nação num eterno estado beligerante. Qual a consequência do assombro tardio? Como domar os monstros que se infiltram na existência? Os moradores da ladeira — muitos já na terceira geração de famílias que viviam no local — acompanhavam no noticiário o momento político do país. Temiam cada vez mais o fantasma do despejo. Uma casa é projetada e construída para que pessoas possam habitá-la. Vazia e sem uso ainda pode ser chamada de casa?

    A vida não se resumia aos extremos. Era ingênuo pensar na infinita guerra do bem contra o mal. Entre os extremos existentes ou inventados pela força da vontade, passou, passa e sempre passará um fluido caudaloso de anseios. É por essa massa líquida, móvel, inconstante e temporal que a vida se movimenta.

No caminho para o Centro Cultural, Adelaide passou por roupas estendidas em um terreno vazio. Cumprimentou d. Joselita, que conversava com um vizinho na porta de casa. Reparou melhor nas fachadas com as cores desgastadas pelo tempo. Apesar de tudo, o clima estava agradável na rua. Ela aceitou o convite insistente feito por Cíntia para participar da reunião comunitária, mesmo que fosse só para observar como as coisas funcionavam.

Uma brisa soprou do mar e subiu a ladeira.

Quando Adelaide parou para comer um pedaço de bolo vendido na porta da casa de d. Joana, ela encostou a mão na parede do casarão antigo como de costume. Tudo ficou confuso. Enquanto a famosa vendedora de guloseimas foi buscar o troco lá dentro no corredor, Adelaide experimentou múltiplas sensações. O passado da cidade emergiu naqueles poucos segundos. Como se ela fosse capaz de ver a mesma região onde estava, só que no século XIX. Lembrou-se de tudo que viveu em casa no outro dia, também se lembrou das aulas do professor Chico. Aulas pelas quais se interessava e através das quais compreendeu um pouco melhor seu contexto de vida, seu lugar no mundo. Tinha certeza de ter ouvido uma profusão de vozes antigas com vocabulário esquisito. Quem acreditaria nessa loucura? Prometeu a si mesma guardar esse segredo. Mordeu o pedaço de bolo, que era gostoso, mas não tão delicioso quanto o que sua avó fazia no passado. Ao receber o troco e observar bem as mãos enrugadas, quinquagenárias, de d. Joana, uma espécie de lampejo fez as texturas daquelas edificações envelhecidas revelarem significados até então ocultos para Adelaide. Se deu conta de que a coisa mágica extrapolava a parede de sua casa. Também aquelas outras construções da ladeira possuíam histórias antigas e novas que se encontravam na palma de sua mão encostada na parede.

A presença de Zigue ainda se mantinha viva após sua partida. Adelaide começava a aceitar a nova realidade, estava aprendendo a conviver com a perda, já conseguia sentir os sinais de alguma paz interior. Mas os pensamentos não lineares a visitavam para lembrá-la da ausência física de Zigue. Era difícil aceitar o fim de alguém que não tinha chegado a uma idade avançada. Alguém que, independentemente da idade, existiu em sua vida, não apenas ocupando um canto de sua mente. Via com nitidez os bons momentos partilhados, as lembranças calorosas, os desentendimentos que mexiam com suas emoções. Precisava continuar a viver.

Adelaide seguiu rumo ao Centro Cultural com uma impressão ainda mais forte de que era melhor se juntar aos homens e às mulheres da ladeira que lutavam para se manter naquela região do que enfrentar o mundo sozinha, como vinha fazendo por quase toda a vida.

Chegou no meio da reunião e se sentou ao fundo, calada. Estava ali, mas em nada fascinada por aquele jogo político. Os pensamentos se encontrando entre o passado e o presente. Balançou a cabeça em cumprimento a Cíntia, que havia erguido a mão aberta também em aceno a ela. A discussão seguia acalorada. Pouca gente notou a presença de Adelaide.

Como era normal acontecer, umas ideias se impunham sobre outras. A sugestão de renovar a pintura das casas era debatida. As fachadas coloridas, renovadas, vão mostrar que aqui a vida pulsa, que estamos vivos e em movimento — defendia Milton, o tom de voz cheio de certeza para convencer as pessoas. A gente pode chamar a galera do grafite para chegar junto.

Mas houve também desentendimentos.

D. Anabel, moradora antiga e muito religiosa, considerava a arte de rua coisa de vagabundos, desordeiros. Milton conhecia justamente um coletivo de artistas que se intitulava Desordeiros. Eles foram os responsáveis por transformar o Solar do Unhão numa galeria de arte a céu aberto. A região era vista com outros olhos por soteropolitanos e turistas que antes temiam o lugar, não lembram? Uma experiência positiva, sentenciava Milton com certo ar empreendedor. A região já é um lugar melhor para os moradores que abriram vários comércios lá e recebem gente do mundo todo agora, concluiu, imaginando talvez abrir seu próprio comércio também. Milton era engajado em lutas políticas fazia tempo. Queria o bem. Fazia o bem. Que mal há nisso? Pensava nos líderes históricos espalhados pelo mundo. Às vezes, pensava em sua imagem projetada com honra no futuro, no lado certo da história.

Um breve debate sobre arte e vandalismo se estabeleceu. D. Anabel era contra. Seu Ramiro, morador com passado boêmio na ladeira, era a favor. Queria ver caras novas circulando pelo lugar.

Cíntia pediu a palavra. Com seu ar professoral, tentou iniciar uma palestra sobre a cultura hip-hop, explicar como o grafite era um de seus elementos. Mas ali não se encontravam seus jovens alunos em horário de aula. Ninguém estava muito interessado nisso no momento. A impaciência se revelou no falatório que se ergueu de novo. O ambiente fechado e cheio de gente causava abafamento.

Adelaide deu um riso de canto. Gostava do jeito de falar entusiasmado de Cíntia, de como seu cabelo cacheado emoldurava a beleza de seu rosto. Ergueu a mão. Emitiu um som suficiente para produzir silêncio. Pediu a palavra. Todos a observaram com atenção. O ruído diminuiu na sala. Ela argumentou com a timidez que tinha ao falar para uma grande plateia. Mas havia a convicção de quem conhece o passado do lugar. Disse que era favorável à pintura, pois era preciso, sim, dar uma nova camada de vida à ladeira. As fachadas, concluiu em um tom enigmático, comunicam os tempos da ladeira.

O ruído baixo permaneceu por mais um tempo. Por fim, votação.

Ainda que nem todos estivessem totalmente convencidos, a aceitação da maioria prevaleceu e a ação cultural foi agendada.

9

O dia da ação cultural havia chegado. No meio da manhã de sábado, a movimentação era intensa na ladeira da Preguiça. O céu com poucas nuvens. O clima ameno. As parcerias que o Centro Cultural conseguiu estabelecer através de Milton, Cíntia e outros moradores, possibilitaram o recebimento das tintas e dos materiais de pintura. Gente conhecida e nunca vista antes subia e descia com andaimes, escadas e sacolas cheias de tinta spray. O coletivo Desordeiros, convidado por Milton, havia conseguido mobilizar dezenas de artistas para pintar voluntariamente as fachadas das casas e dos estabelecimentos da rua. Eles aplicariam seus conhecimentos e habilidades na arte contemporânea para transformar as superfícies desgastadas em grandes murais. Precisavam, claro, dialogar e conseguir a autorização dos moradores para executar suas ideias. Teve quem se recusasse a liberar a parede para receber a arte urbana. Gente teimosa, ranzinza, tem em todo lugar. Talvez não fosse essa a questão.

Seu Donatello, por exemplo, italiano que encontrou o amor na ladeira e por lá resolveu viver o resto da vida, tentando transformar os sons do seu idioma em algo parecido com o português, só gostava de arte renascentista. Leonardo da Vinci, Michelangelo e Rafael Sanzio formavam sua tríade sagrada. Depois do século XVI, nenhuma arte tinha tanto valor assim para ocupar o muro de sua casa.

D. Anabel, crente fervorosa que morava em uma das casas seculares no beco da Califórnia, temia que aqueles desenhos estranhos e aquelas pessoas esquisitas não estivessem em comunhão com seu Deus. Ela havia perdido o filho Jonas, mecânico de profissão, para o vício no crack. Achava excêntricas aquelas mulheres com cabelos coloridos e roupa manchada de tinta. D. Anabel tinha um nome a zelar. Seu nome, aglutinação dos nomes das tias Ana e Isabel, já revelava ao mundo sua sagrada existência. Os etimologistas explicavam em seus livros que Ana e Isabel eram provenientes do hebraico. Ana significa "cheia de graça", Isabel denomina uma pessoa "pura". D. Anabel, portanto, tinha seus valores inegociáveis. Não permitiu a realização de murais na parede de sua casa.

A maior parte da comunidade, porém, mergulhou de cabeça na ação e até se divertiu. Caixas de som agitavam o momento.

O cheiro de tinta pairava no ar.

Era curioso ver Adelaide, tão séria quase sempre, passar o rolo de pintura na parede da casa de d. Joselita como se fosse especialista e se sentir animada com o resultado de sua contribuição. Cíntia ria da cara salpicada de tinta de Adelaide e não era censurada por isso. Ao contrário, se deparava com um riso sincero.

Quer dizer que você é pintora — disse Cíntia. Adelaide respondeu com uma gargalhada.

O engajamento de Cíntia pelo lugar lhe trazia satisfação. Ela se mostrava contente ao ver idosos, adultos, jovens e até crianças envolvidos na revitalização do espaço. Ocupando um pequeno apartamento na rua do Sodré, ela sentia a proximidade com o cotidiano da ladeira, cuja conexão com o Sodré formava uma encruzilhada. Cíntia havia conquistado o respeito e a admiração dos moradores pelo empenho de suas ações e pela generosidade de seus gestos.

O embelezamento da paisagem com as pinturas das fachadas ocorreu ao longo do dia.

No começo da tarde, na pausa para o almoço, as marmitas exalavam o cheiro bom de comida feita na hora. Entre uma garfada e outra, grafiteiros e grafiteiras continuavam mostrando suas habilidades nas intervenções artísticas. Recebiam elogios das pessoas, que passavam admirando os desenhos. Os jovens artistas que se expressavam através dos muros produziam nas pessoas mais velhas da ladeira, que assistiam de perto à criação dos murais, uma nostalgia das pequenas rebeldias que praticaram no passado. E assim os que habitavam os vários tempos da ladeira contavam suas histórias a eles, que paravam de pintar para ouvi-los.

Seu Ramiro, um dos mais conversadores do bairro, inflava o peito para contar vantagens sobre seu passado mítico vivido na ladeira. Sem que lhe perguntassem, jurava nunca ter botado os pés na Casa Amarela. D. Joana explicava para um grupo de jovens parte do segredo de suas receitas, herdadas de um caderno velho deixado por sua mãe. Os elogios aos seus bolos a deixavam visivelmente orgulhosa e envergonhada. Sua habilidade e seus dotes culinários eram tão grandes quanto sua timidez. D. Joselita, mais enérgica, lembrava àquele povo todo que subia e descia com tintas que era preciso se hidratar, porque o sol era forte e o corpo humano, frágil. Beba água de coco, meu filho — dizia. Faz bem pra saúde.

Ao se aproximar de alguém que também deseja aproximação, um compêndio de histórias de vida pode surgir. Feito pela matéria orgânica das pessoas, se revela, se materializa. Assim se pode perceber, pelo livro invisível composto das fábulas da vida, que uma existência é feita de muitas outras.

Quase no fim da tarde, equipes de reportagem chegaram ao local para filmar o evento e entrevistar moradores e outros participantes. Milton se ajeitou diante da câmera. Pigarreou primeiro, depois falou com sua retórica particular sobre a importância da valorização do local. Lembrou os descasos dos poderes públicos com a ladeira e seu entorno. Alguns artistas comentavam a relevância de conhecer a história do lugar e das pessoas que ali habitavam. Demonstravam a satisfação de estarem ali. Cíntia, com sua gramática de luta, destacou o mérito dos moradores que se reuniam para buscar melhorias para a região.

Quando abordada de surpresa por um repórter, Adelaide conteve a timidez e fez comentários sobre a ação cultural. Falou pouco, mas falou bonito. Em seguida, empolgada pela própria desenvoltura, exigiu que as autoridades cuidassem da fonte da Preguiça, lá embaixo, cheia de manchas de umidade, toda acabada.

Com o fim da ação, a ladeira da Preguiça parecia outro lugar. A geografia era a mesma. Os tempos eram outros. Cheios de entusiasmo com o sucesso do evento, boa parte dos moradores se preparava para realizar no mês seguinte, no último domingo antes do Carnaval, sua tradicional festa.

Em casa, à noite, com os braços doloridos pela atividade do dia, Adelaide deitou na cama para relaxar. Tinha um vício do qual não se orgulhava muito. Não era nada demais. Embora vivesse quase sempre com uma expressão séria, fechada, na rua, ela passava horas e horas assistindo a vídeos engraçados na tela de um velho celular cuja função era basicamente esta: passar vídeos engraçados da internet. Gatos fazendo estripulias dentro de casa, gente fazendo piadas nas ruas. Adquirido em um domingo na Feira do Rolo, ela achava que tinha feito bom negócio. Agora mesmo, terminava de assistir a um vídeo. Um rapaz franzino limpava o para-brisa de um carro-forte. Um texto em destaque dizia: "QUERO VER DIZER QUE NÃO TEM DINHEIRO AGORA!". Adelaide riu com prazer e melancolia. Pensou em Zigue. Imaginou que ele seria capaz daquela proeza. Então sentiu saudade.

10

Fazia uma noite estrelada. A cidade transpirava a euforia das muitas festas. Desejos à flor da pele. Ensaios do Olodum e de outras bandas famosas da Bahia atraíam alguns moradores e muitos turistas em diferentes pontos da cidade. O Centro Histórico fervilhava nesse alvoroço noturno. Os bares estavam lotados.

No Bar Sem Nome, Adelaide e Cíntia se aproximavam cada vez mais. Depois das atividades no Centro Cultural e dos encontros fortuitos na ladeira, passaram a conversar mais e frequentar aquele corredor no bairro do Dois de Julho, onde uma aura de boemia pairava de modo singular, pela diversidade de pessoas nas mesas cheias dentro e fora do bar. O balcão estava sempre lotado. Naquele espaço, velhos casais apaixonados trocavam carícias, grupos de amigos discutiam os últimos desdobramentos da política, do futebol e da arte, e gente solitária buscava, entre uma cerveja e outra, encontrar algum chamego nas muitas possibilidades da noite. Adelaide e Cíntia bebiam a cerveja geladíssima e mais barata do lugar com prazer genuíno.

Após três cervejas, Cíntia fez o que muitos ali costumavam fazer: se levantou da cadeira e introduziu dinheiro no jukebox para criar sua própria trilha sonora. Colocou para tocar "Malandrinha", de Edson Gomes. Voltou para a mesa no ritmo do reggae.

Quando estava a sós com Adelaide, Cíntia se mostrava muito simpática e descontraída. Nem parecia a pessoa que se sentia imbuída da eterna vigilância do planeta. Suas premissas e jargões davam conta de uma parte do mundo que ela considerava vigiar e proteger. Mas e o lado do mundo que ela ignorava? Para Cíntia, era preciso tomar partido sempre. E o lado certo era sempre o dela. Mas isso não vinha ao caso agora.

Adelaide riu sem acreditar que minutos antes, sem saber muito bem por quê, pensava nas canções de Edson Gomes. Talvez as cores da camisa regata de Cíntia, com suas listras verdes, amarelas e vermelhas, e um leão bordado na altura do peito, tenham induzido essa associação de ideias. A tatuagem à mostra no braço lembrava uma espécie de samambaia.

Edson Gomes representa a cara dessa cidade, hein? — comentou Adelaide, imersa na levada da música. Ergueu o copo cheio de cerveja. Não costumava beber muito.

Com certeza. Ele é ícone. Tem as melhores letras — respondeu Cíntia sorridente, ao tocar seu copo quase vazio no de Adelaide. Um brinde aos bons encontros da vida, Adê! — exclamou de forma inédita.

Ao ouvir seu nome abreviado, como um gesto espontâneo de carinho e de intimidade crescente, Adelaide sentiu uma emoção inesperada, ficou eufórica. Não se lembrava da última vez que o tinha escutado assim. Naquele momento, ela se dava conta do quanto havia mudado em pouco tempo, em tudo que havia superado. Guardava para si até então o fato de seu olhar contemplar a beleza humana em suas múltiplas formas. Se sentia mais receptiva. Mesmo quando estava sozinha, pensava em Cíntia. Admitia para si mesma o quanto ela lhe proporcionava momentos agradáveis. Não saberia dizer com exatidão como era fácil conversar sobre diversos temas com Cíntia. Sabia, sim, que aqueles encontros lhe faziam acreditar que ela merecia mais da vida. Depois que a coisa mágica aconteceu e as vozes e as imagens começaram a reverberar através da parede de sua casa, Adelaide passou a levar em conta o lado esotérico da vida, aceitou a possibilidade de que o universo se movia a seu favor naquele instante. Não podia negar que as coisas fluíam bem entre elas.

Cíntia, tava pensando na conversa que tivemos outro dia. Quero voltar a estudar. Fazer faculdade. Serviço social. Acha bobagem? — Adelaide virou a cerveja já morna em seu copo. Pediu ao garçom uma garrafa de água.

Oxe, claro que não! — Cíntia deu um sorriso ainda maior. Conte comigo pro que precisar — disse entusiasmada e sem conter o orgulho por acreditar em sua influência naquela decisão.

O Bar Sem Nome seguia no seu movimento típico de farra noturna. Como dito antes, fazia uma noite estrelada. A cidade se abria para quem desejava e sonhava. As luzes das estrelas vinham de longe, as mais próximas levavam anos para chegar até a Terra. Ali, elas iluminavam a troca de olhares e a empolgação que fluía debaixo daquele silêncio momentâneo entre as duas.

Adelaide alisou a mesa com a ponta dos dedos.

Nunca mais seria a mesma.

II

Desde os primórdios, a água tem o poder de reunir os seres sobre a Terra. Muito antes de os humanos inventarem a escrita para contar os seus ritos e propagar as suas lendas, não havia comunidade sem vizinhança com a água. Em Salvador, por séculos, as fontes eram as infraestruturas que abasteciam a cidade. Ao pôr as mãos em concha e lavar o rosto na fonte da Preguiça havia um mês exato, Adelaide se banhou com as memórias antigas da cidade. Aquela água, transformada pelo tempo, era outra, mas vinha da mesma fonte que forneceu o ingrediente para a construção dos casarões seculares da ladeira da Preguiça. Quando se sentia desamparada, Adelaide fechava os olhos e estendia a mão sobre a parede de casa. Aquilo lhe trazia algum alívio. Evitava tocar nas fachadas das casas da ladeira. Não havia contado a ninguém sobre aquilo. Não contaria. Cíntia não precisava saber. Esse era *seu* segredo. O povo poderia pensar que estava inventando, que tinha enlouquecido, essas coisas muito comuns na vida.

No Rio Vermelho, nesse dia 2 de fevereiro, os festejos em homenagem a Iemanjá começavam bem cedo. A colônia de pescadores tinha preparado o presente especial havia tempos. Dava para ver de longe a fila de gente que ia entregar oferendas à Rainha do Mar. De uns anos para cá, foi chegando gente e mais gente de tudo quanto é lugar, de modo que essa manifestação religiosa do candomblé virou um aperto, uma espécie de Carnaval. É possível encontrar agora até gringo com a pele vermelha de insolação, trajando camiseta branca, estilo abadá, com a expressão "Odoyá!". Se Adelaide estivesse por lá, arregalaria os olhos surpresa com essa imagem.

Os evangélicos, que possuem a certeza inabalável do destino de todos, apareciam nas esquinas nessa ocasião. Tentavam mudar o curso dos caminhos alheios com folhetos bíblicos nas mãos. Também se valiam das águas para se ungir. Na falta de um rio Jordão por perto, d. Anabel, por exemplo, se batizou em uma piscina.

Em Salvador, as águas, ainda disponíveis no planeta, abençoavam uma infinidade de crenças. Os descrentes a usavam para se banhar e matar a sede simplesmente.

Adelaide não estava naquelas ruas lotadas de gente cantando e bebendo em todo canto, tampouco estava na areia entregando flores sem espinho. Ninguém dá conta de viver toda a cidade. Ela resolvera se antecipar e estava cheia de animação batendo perna na avenida Sete com Cíntia. Estavam atrás de fantasias, adereços e maquiagens para chegarem glamourosas — como dizia Cíntia — ao Banho de Mar à Fantasia da Ladeira da Preguiça. O evento só aconteceria três semanas depois.

12

Era 2019. Não se sabia o que estava por vir no próximo ano. Nunca se sabe. O amanhã não existe ainda. Antes de irromper o futuro, o céu parece sempre azul. Não era o momento de projeções. O ano mal começara. Se viviam agora as resoluções prometidas. O presente era o corpo em festa. Em quase dois meses, a sensação era de que doze meses haviam se passado nessa cidade. Tudo parecia acontecer muito rápido e ao mesmo tempo.

Era o último domingo antes do início do Carnaval. Era, portanto, o tão aguardado dia do Banho de Mar à Fantasia da Ladeira da Preguiça. O evento, que havia passado por um hiato de duas décadas, estava de volta fazia alguns anos e resgatava uma tradição antiga do bairro. Como acontecia com quase todas as festas populares da cidade, havia palavras de ordem, protestos e muita alegria.

Desde cedo, a ladeira se agitava com a multidão que chegava dos vários cantos da cidade. Turistas estrangeiros começavam a aportar por ali também. Vários moradores estavam animados para vender suas comidas e bebidas em barracas instaladas nas portas das casas. A economia do local ganhava com o crescimento da festa. Só alguns moradores cairiam na gandaia. Mais e mais gente de fora se concentrava na ladeira. Alguns antigos frequentadores já não se sentiam convocados pelo frenesi da festa. O megaevento intergaláctico afastava uns e capturava um monte de outros.

Quem colocava os pés por lá pela primeira vez se encantava com a visão privilegiada da baía de Todos-os-Santos, com as fachadas de cores vivas, coloridas e grafitadas das casas e dos pequenos comércios, com a receptividade dos moradores, o clima aparentemente harmonioso do lugar. Iam até a ladeira por ouvir falar dos nostálgicos e festivos blocos de Carnaval antigos.

Os festejos carnavalescos agradavam quem era festeiro e irritavam quem gostava de sossego e se via refém do percurso barulhento. Cercado pela algazarra, por não ter como sair ou para onde fugir, tinha quem detestasse o fato de ter que se privar da própria rotina em detrimento da alegria alheia.

D. Anabel orava forte e com sinceridade para superar o ensurdecedor barulho que invadia sua casa. Pedia a seu Deus — porque o divino estava dentro dela, pertencia a ela — que mudasse o rumo daquela "gente transviada". Eu sei que ninguém se salva nos descaminhos, Senhor — dizia em silêncio para si e para Deus, enquanto seus pensamentos voavam longas distâncias até seu filho Jonas, que não estava mais sobre a Terra.

A paisagem que carregava a herança de diferentes momentos vibrava. Ao meio-dia, os foliões fantasiados eram convidados a dar início ao cortejo a partir da entrada do Centro Cultural. Saindo dali, subiam a ladeira, sem pressa, rumo à Carlos Gomes sob o clima ensolarado. Um mar de gente ocupava as ruas do centro no embalo das fanfarras e outros grupos musicais. Depois percorriam as ruas do Dois de Julho com animação sem igual até retornarem eufóricos em direção à praia da Preguiça, onde o banho de mar acontecia. Era bonito ver como a região renascia. Famílias inteiras brincavam e se divertiam naquele circuito.

No palco montado na praia, o agito continuava. Pessoas de todas as idades. Seres mitológicos banhados de glitter, super-heróis de variadas estirpes cobertos de serpentinas e gente com peruca colorida, chapéu de palha ou sombrinha de frevo sambava em seus trajes de banho. Alguns adereços eram levados pelo mar.

Adelaide mal dormiu tamanho era o anseio por participar da festa pela primeira vez como foliona.

Parecia outra pessoa. Cíntia ajudou na maquiagem glamurosa. Fantasiadas com passadeiras extravagantes, muito brilho pelo corpo e trajando body metalizado envolto em saias de tule coloridas, elas seguiam absorvidas pelo alto astral da festa.

O evento ajudava a dar visibilidade ao lugar. Assim a própria cidade descobria as gerações de famílias que resistiam na paisagem paradisíaca e disputada. A comunidade ora se unia, ora se fragmentava. A discórdia é tão antiga quanto a sociedade humana. Em nada disso pensavam Cíntia e Adelaide. Para elas, a atmosfera estava leve, bonita e alegre. Pareciam irmãs, pareciam um casal. Eram duas pessoas de mãos dadas, criando uma ponte para estabelecer a comunicação possível entre duas vidas que se encontram pelo curso sinuoso do destino. Quando chegaram à praia, submersas até a cintura, Adelaide salpicou água salgada em Cíntia, que respondeu lançando de volta respingos do mar. O calor envolvia as pessoas. A água refrescante agradava.

Do outro lado da pista, como uma espécie de fantasma na paisagem, a fonte da Preguiça, abandonada, seguia jorrando sua água doce, mágica e contaminada. À espreita, os diferentes interesses em disputa pela transformação do lugar.

Em toda sua vida, poucas vezes Adelaide se sentiu tão relaxada. Zigue a visitava agora em pensamentos cheios de ternura, que provocavam o riso pela lembrança de algo bom que viveram. O vento acariciava o meio-sorriso que Adelaide sustentava nesse momento diante da vasta extensão da água salgada. As visões mágicas haviam desaparecido por completo sem que ela tivesse contado seu segredo a alguém. Parecia a mesma pessoa. Era outra pessoa. Movia seu corpo com mais convicção em direção à própria vida. Ela se sentia bem com sua aparência nos últimos dias. Uma dimensão tanto tempo encoberta pelos estorvos da vida emergia dela. Possuía o tipo de beleza, de força e de inteligência que causam deslumbramento, mas havia tempo que não encarava assim sua presença no mundo. Agora não, agora era diferente de como se via antes. A areia debaixo d'água acariciava seus pés.

O clima animado tornava o ar mais benevolente. O enorme céu azul envolvido em pedaços de nuvens fugazes.

No meio do agito das pessoas espalhadas nas águas mansas e sob os raios luminosos do dia, Adelaide tirou a passadeira extravagante e a entregou a Cíntia. Percebia encantamento naqueles olhos cor de mel. Olhou em seguida para trás por alguns segundos e viu muito mais do que aquela profusão de gente alegre na praia. Viu uma espécie de ponte que a ligava ao passado. Não era um lamento que turvava seus olhos naquele instante, era realmente uma revelação muito íntima e poderosa. Assim encarou o horizonte. Fez então o que não fazia há tempos, mergulhou de cabeça na calmaria daquele mar. Não se sentindo só no fundo das águas, mexeu braços e pernas como se voasse sob a imensidão da baía de Todos-os-Santos. De repente, como se a vida se resumisse a um único ato, pensou em uma palavra.

© Evanilton Gonçalves, 2025

Todos os direitos desta edição reservados à Todavia.

Grafia atualizada segundo o Acordo Ortográfico da Língua Portuguesa de 1990, que entrou em vigor no Brasil em 2009.

capa
Julia Custodio
obra de capa
Fernanda Gomes dos Santos. *Sem título praia*, 2024.
preparação
Ana Alvares
revisão
Érika Nogueira Vieira
Tomoe Moroizumi

Dados Internacionais de Catalogação na Publicação (CIP)

Gonçalves, Evanilton (1986-)
Ladeira da Preguiça / Evanilton Gonçalves. — 1. ed. — São Paulo : Todavia, 2025.

ISBN 978-65-5692-797-8

1. Literatura brasileira. 2. Romance. 3. Ficção contemporânea - Salvador (BA) - Brasil. I. Título.

CDD B869.3

Índice para catálogo sistemático:
1. Literatura brasileira : Romance B869.3

Bruna Heller — Bibliotecária — CRB 10/2348

todavia
Rua Luís Anhaia, 44
05433.020 São Paulo SP
T. 55 11 3094 0500
www.todavialivros.com.br

fonte
Register*
papel
Pólen bold 90 g/m²
impressão
Geográfica